시즌 1

노곤하개 ①

홍끼 글·그림

Vi아북ㄱ
ViaBook Publisher

랜선집사 모두 모이개!

반려동물을 키우는 건 굉장히 힘든 일입니다.

힘들고, 힘들고, 또 힘들어요.

매일같이 산책과 청소를 하고, 배설물을 치우고, 털을 빗겨주고,

밥은 물론, 간식도 잘 챙겨줘야 하고 시간을 내서 놀아줘야 하죠.

병원비는 어찌 그리도 많이 나오는지,

항상 영수증을 받고 깜짝 놀라곤 합니다.

많은 집사들은 이 말에 공감하고 계실 거예요.

반려동물은 사람과 같이 감정을 느끼고 나타내죠.

혼자 있으면 외로워하고, 집사가 놀아주지 않는다면 서운해해요.

그래서 언제나 내버려두지 않고, 같이 놀고 쉬고 모든 걸 공유해요.

그렇지만 언제나 반려동물과 함께하고 싶은 사람들도

반려동물을 선뜻 데려오지 못합니다.

생명을 책임진다는 건 너무 무거운 일이고
기를 수 있는 환경, 가족의 동의, 경제적 여유로움 등
너무 많은 것들을 따져봐야 하기 때문이죠.

맞아요. 반려동물 키우지 마세요, 너무 힘들어요.
그렇지만 '랜선집사'가 되는 건
여러분도 할 수 있어요!
재구, 홍구 그리고 매미의 랜선집사가 되어주실 분들께
이 책을 바칩니다.

2018년 8월

 멍냥집사 홍끼

차례

6   프롤로그

15   멍멍이 키우지 마세요 〈사진일기〉

16   험난한 집사 생활의 시작

24   멍멍이와의 산책은 이렇다

32   멍멍이의 쉬야는 무시무시하다

40   멍멍이 약 먹일 때 공감

47   매미와의 첫 만남 〈사진일기〉

48   강아지와 고양이에게 약 쉽게 먹이는 방법 〈수의사 팁〉

50   고양이 매미

58   매미가 병원에 갔다

66   고양이를 바르게 안아봅시다 〈간단만화〉

67   매미의 자기소개 〈사진일기〉

68   멍멍이는 목욕이 싫다

76   멍멍이는 물이 싫다

84   바닷가 산책 〈사진일기〉

85   무더운 여름 반려견의 열사병 예방법과 대처법 〈수의사 팁〉

86   푸들은 무시무시하다

93   밭에 놀러간 날 〈사진일기〉

94   멍멍이의 훈련!

102   엎드려 훈련을 해봅시다 〈간단만화〉

103   꽃멍냥이 〈사진일기〉

104   멍멍이는 말썽쟁이

112   멍멍이의 털갈이

120   털갈이에 대해서 〈간단만화〉

121   멍멍이의 일상 〈사진일기〉

122   멍멍이의 친구냥

130 멍멍이의 잠꼬대

138 매미의 적

145 오늘 홍구는 채구가 리드하개! 〈사진일기〉

146 매미는 사냥꾼!

154 새로운 친구!

163 강아지의 방귀 | 방귀로 알 수 있는 건강의 이상 신호 〈수의사 팁〉

164 매미의 비밀

173 멍멍이의 여자친구 〈사진일기〉

174 멍멍이도 싸운다

184 형제견의 싸움 〈간단만화〉

185 멍멍이들의 우애 〈사진일기〉

186 멍멍이의 응가

194 강아지의 변 상태로 알 수 있는 건강 〈수의사 팁〉

196 멍냥이의 반전 매력

204 고양이와 상자 〈간단만화〉

205 빗질을 해보자 〈사진일기〉

206 말랑한 부분

213 고양이 액체설 〈간단만화〉

214 매미의 먹성

223 산책은 즐거워 〈사진일기〉

224 멍멍이는 편식쟁이

233 일광욕을 합시다 〈사진일기〉

234 아빠는 츤데레

244 아빠와 매미 〈간단만화〉

245 심장사상충에 대하여 〈수의사 팁〉

반려동물의 중성화수술에 대하여

반려동물이 먹으면 안 되는 음식에 대하여, 강아지의 건강검진에 대하여

프롤로그

많은 사람들은
반려동물을 키웁니다.

그리고 반려동물은

사람에게
무한한 애정을 주죠.

기쁠 때도,

슬플 때도.

반려동물은
언제나 주인의 곁을
지켜줍니다.

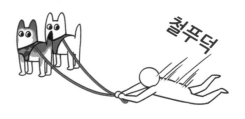

정말로 함부로
키우면 안 됩니다.

밥값에, 병원비에
심심하지 않게 매일
산책시켜줘야 하고

물건 다 부수는 거 처리,
냄새나는 응가도 치워야 하고…
아, 털도 진짜 장난 아니야.

그치만
할 수 있어요,

여러분도.

고달픈 집사 체험!

재구(4살)
포지션 : 형
좋아하는 것 : 고양이, 뼈다귀

홍구(4살)
포지션 : 동생
좋아하는 것 : 가출하기, 쓰담쓰담

매미(4살)
포지션 : 제일 큰 형
좋아하는 것 : 사냥감
싫어하는 것 : 멍멍이

멍멍이
키우지 마세요

집사의 인형은
내 좋은 먹잇감이개

나도 같이 놀개!

아...

험난한 집사 생활의 시작

평화로운
제주도 시골 마을

-의 평화로운 한때.

……

이
이

그리하여 유기견 보호소
카페를 통해

멍멍이를 입양하기에
이르른 것이다.

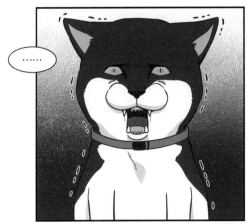

그렇게 꿈꾸던 일상이
실현되는 듯 보였다.

개린이

개초딩

첨난한 집사 생활이
시작된 것이다.

유기견 보호소의 동물들은 동물보호관리시스템에서
쉽고 빠르게 확인할 수 있개!

멍멍이와의 산책은 이렇다

함께하는 운동.

하하하

거기 서 루이보스-!

앉아! 엎드려!

줄넘기 10개다!

트리플 러츠-! 훌륭해!

와아아!

쾅

창

이런 건 존재하지 않아!!

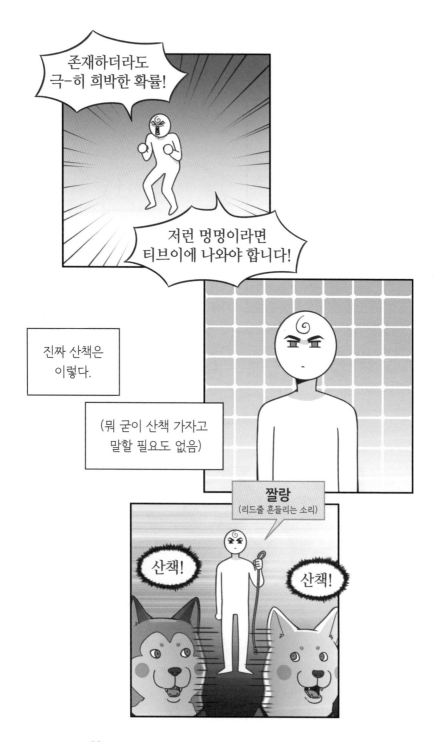

존재하더라도
극-히 희박한 확률!

저런 멍멍이라면
티브이에 나와야 합니다!

진짜 산책은
이렇다.

(뭐 굳이 산책 가자고
말할 필요도 없음)

짤랑
(리드줄 흔들리는 소리)

산책!

산책!

와아아!

아아아!

죽여줘…

산책 시에는 너무 짧은 줄보다 살짝 긴 줄을 사용하는 게 멍멍이들의 흥분도를 낮춰줄 수 있개!

멍멍이의 쉬야는 무시무시하다

멍멍이와 함께 산책을 하다 보면

의문점이 하나 생기기 마련이다.

그것은 바로…!

쉬이이이이이이이이이이-

사뭇 진지한 표정

얘는 다음 차례

쉬이이이이이이이쉬이이이이이
쉬이이이이이이쉬이이이이이쉬이이
이이이쉬이이이이이쉬이이쉬이이

도대체 언제
끝나는 거냐.

경이로울
지경!

놀라운 건
그뿐만이 아니다.

… 38번째 쉬

집에
갈 때가 되면

아직도 안 끝난
거냐고!?!

찔끔

마지막 한 방울까지
더 쥐어짜낸다.

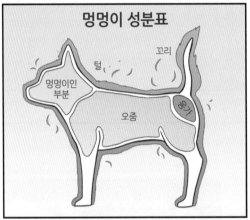

절레

절레

오늘의 팁

멍멍이들의 영역 표시는
일종의 커뮤니케이션으로

앗, 저 나무는
제법…!

사람들의 SNS 활동과
비슷하다고 합니다.

멍멍이들의 마킹을 하는 행동은 다른 멍멍이들에게
나 여기 왔다 간다~ 하고 도장을 찍어주는 것과 같개.

멍멍이
약 먹일 때 공감

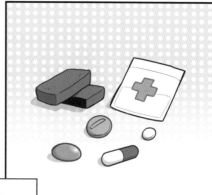

멍멍이를 키우다 보면
약을 먹여야 하는 상황이
자주 발생하곤 한다.

하지만 약 먹이는 것은
너무 힘든 일이기 때문에

오늘은 그 방법에 대해서
알아보겠다.

약을 극도로 싫어하는
멍멍이를 위해

간식을 주는 척하며
불러보겠다.

눈치채기 전에
재빨리 먹여야 한다.

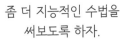
좀 더 지능적인 수법을
써보도록 하자.

고기 안에 약을 넣는다.
이건 부를 필요도 없다
냄새 맡고 어느새 옆에 와 있다

옜다, 먹어라.

춉

챱 챱
챱
챱 챱

퉤에에 드디어 약 먹이기
성…

먹었어?
이렇게 쉽게?!

말도 안 돼
그럴 리가

떡

벌

너무 쉽게 먹어서
당황스럽다

우리 재구 간식 먹자!
약도 잘 먹고
아이, 잘했어~

……

?

분명 뭔가가
있다…!

단 한 번도 본 적 없는
표정을 하고 있었다.

매미와의 첫 만남

매미 형아 있어요?

재구 홍구는 매미 형아가 너무 좋개

형아 일루 와 같이 놀개

개무룩

왜 같이 안 놀아주개…?

강아지와 고양이에게
약 쉽게 먹이는 방법

개와 고양이 모두에게 제일 쉽고 이상적인 투약법은
식성이 까다롭지 않고 어느 것이나 잘 먹는 동물에 한해
간식으로 사용되는 캔이나 젤 타입의 영양제에 약을 섞어
스스로 핥아 먹게 하는 것입니다.
이때 간식이나 영양제에 약을 뿌려놓으면
스스로 먹지 않을 수 있기 때문에
약 냄새가 나지 않게, **약을 골고루 섞어주어야** 합니다.

이 방법으로도 쉽지 않다고 하면, 개의 경우는 투약자를 물지 않는 경우에 한해서
젤 타입 영양제에 약을 골고루 섞어
입술 안쪽이나 입천장 또는 코밑에 발라주면 핥아 먹습니다.
고양이는 스스로 먹지 않는다고 입안에 넣어주면
심하게 거부하며 거품처럼 침을 분비하면서
약을 모두 뱉어버리는 습성이 있고
이런 행동이 30분 가까이 유지되기도 하므로
약을 캡슐에 넣어 입안 깊숙이 넣거나
캡슐을 둘러싸 약을 투약할 수 있게 제품화되어 나온
간식류를 사용해야 합니다.

두 가지 방법 모두 힘든 경우에는 주사기나 투약병을 이용해 먹이는데,
가루약과 소량의 물을 섞어 주사기나 투약병에 담고 입술을 젖힌 후
입안에 조금씩 짜주어야 합니다.

이 모든 방법을 사용했는데도 투약이 쉽지 않다거나
동물이 투약자를 물어 투약이 힘든 경우에는 주사 치료를 하거나
외용제 사용 가능 질환이라면 차선책으로 연고나 약샴푸 등을 사용해야 합니다.
주사 한 번으로 항생제 효과가 2주간 유지되는 약제가 개발되어 있으니
이 방법을 선택하는 것 또한 좋은 선택일 수 있습니다.

약 먹일 때의 주의사항

약을 물에 타서 먹이는 경우, 한 번에 억지로 먹이려다 보면
약물이 식도가 아닌 기도로 넘어가 기침을 유발하기도 합니다.
약이 일반적인 양이면 해당 증상이 금방 사라지지만,
양이 많으면 오연성 폐렴을 유발할 수 있으므로
한 번에 많은 양을 억지로 먹이는 것은 좋지 않습니다.
캡슐은 정상적으로 식도로 들어갔더라도
식도의 연동운동이 활발치 못하거나 중간에 캡슐이 파열되는 경우
식도염으로 이어질 수 있기 때문에 약을 먹인 후
물을 먹을 수 있도록 유도해주거나 주사기나
투약병을 이용해 물을 직접 먹여줘야 합니다.

고양이 매미

우리 집에는
고양님이
한 마리 있다.

·····

매미(4)/고양이

왜!

뭐!

왜!

아… 아닙니다.
그런 표정으로
쳐다보지 마시죠.

태생부터 마당냥이답게
성격도 와일드.

솜방망이 펀치 좋아함

이렇게 생각하는 것 같다.

역시
냥아치답군.

스윽

이런 매미에게도
젠틀해지는 순간이
있었으니…!

집 문 정도는
스스로 열고
들어온다

아, 매미 왔냐?

드르륵

나 왔음

친구도
데려옴

바로 고양이 친구와
함께 있을 때!

?!

촨촨

앙냠냠냠냠냠

친구에게
밥을 양보하고
있어…!

난 이거 ㄲ
맨날 먹어

챱챱챱

좋아하는 간식까지
양보한다!

매미 녀석
착하게 컸구나…!

매미의 친절은
친구들이 여러 번
바뀔 때까지
계속됐다.

55

매미가
병원에 갔다

3년 전

매ㅇㅇ옹...

매미야!
이게 무슨
일이야...

매미가 다리를
다쳤을 때의 일이다.

이리하여 도착한 병원.

흐어어어...

매오옹

매오오오옹─

낯선 곳에 온 매미는
불안해서인지

울면서 버둥거리기
시작했다.

이때 매미에게 온
맘씨 좋은 의사 선생님.

아! 고양이 친구 보여줄까?

친구들은 병원 와도 다 씩씩한데~

와아~ 맴아, 친구래!

매미 친구들 많이 왔나 보다.

칭구?

친구 갑니다~

기왕이면 여자칭구!

여기 (마취돼서) 코~
자고 있는 친구 왔네.

매미 안녕?

흔들~

흔들~

으아아
의사 선생님

제발!!!

들썩

들썩

매미한테 왜 그랬어요…?

자, 맴아.
들어가자~

매미는 3년이
지난 지금도

탓   탁   타닥

크크크
털공모드-!

그때의 이동장을
싫어합니다.

고양이를 바르게 안아봅시다

나는 자유로운
마당냥이다고양!

가장 좋아하는 건 풀밭에서 뒹굴기

매미의 자기소개

두 번째로 좋아하는 건 참새 사냥하기!

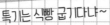

특기는 식빵 굽기다냐~

멍멍이는
목욕이 싫다

목~욕~
하~자~

우리 집 멍멍이는 목욕을
엄청나게 싫어한다.

목욕이라는 소리를
듣자마자

목욕
실화냐.

세상이 끝나버린 것 같은
표정을 짓는데

샤워실에 들어가는 것도 엄청난 요령이 필요하다.

목욕하러 가자~

어기적

어기적

휘청

쓰러짐

기운 없는 척하지 마!!

야, 이 돼지 멍멍이!

자기가 무겁다는 걸 너무 잘 안다.

물싸대기!

멍멍이의 목욕은 3~4주에 한 번이 좋개.
목욕을 너무 자주 하다 보면 멍멍이의 피부 보호막이
손상돼서 피모가 건조해질 수 있개!

멍멍이는 물이 싫다

우리 집 멍멍이는
물을 싫어한다.

질색

물이다.

물!

그래서 바닷가 옆에 살지만
바다에 들어갈 수 없다.

......

멍멍이와 백사장에서 즐거운 하루!

놉! 놉!

음...
하는 수 없군.

처억

자아, 하나도
무서운 게 아니라구!

괜찮다
괜찮다

생각보다
재밌을지도 몰라.

발목 깊이

주인아…!

이 녀석들~!

쌔—앵

AMCUT

바닷가 산책

무더운 여름 반려견의 열사병 예방법과 대처법

개와 고양이는 땀을 흘리지 않고
숨을 헐떡이는 것으로
체열을 발산하기 때문에 고온 환경에서
스스로 체온을 낮추기가 어렵습니다.
또한 야외 환경에서는 사람보다
지면에 몸이 더 가깝게 위치하기 때문에
지열이 몸에 전달되는 양이 월등히 많아
쉽게 열사병에 걸릴 수 있습니다.
열사병을 예방하기 위해서는
시원한 물을 먹이되
억지로 과도한 양을 먹여서는 안 되며
선풍기로 공기를 순환시켜주어야 합니다.

흔히 차량이나 밀폐된 방 안에
개나 고양이가 혼자 있다가 헐떡이거나
구토, 설사 그리고 발작 등의 증상을 보이면
열사병을 의심할 수 있습니다.
즉시 환기를 시키고,
바로 인근 동물병원을 찾아야 합니다.
이때 체온을 낮추기 위해 얼음을 사용하면
몸의 혈관이 수축되어 혈액순환이 되지 않고,
쇼크가 올 수 있으므로 이에 유의합니다.

푸들은
무시무시하다

우리가 일반적으로 알고 있는
푸들의 모습은 대략 이러하다.

땡그란 눈

양 같은
복슬복슬함

인형이
움직인다

멀리서 보면
치킨 같음

하지만 이런 생각을
무참히 깨버린 사건이 있었으니…

콰앙

나 왔음!

바로 언니네 집 푸들
두 마리와 대면했을 때!

침입자!

침입자다!

새로운 침입자를 본 푸들들은
미친 듯이 날뛰기 시작했다.

오오, 얌전해졌어!!!

쓰담쓰담쓰담쓰담쓰담

멈추면 언제 그랬냐는 듯이
으르렁거린다.

아르르르르

야르르르르

이거 이거…
태세 변환 좀 보게…?

제장,
침을 엄청나게
뿌려대잖아!

어쨌든 시간이 좀 지나니
경계심을 풀고
다가오기 시작했다.

할라할라

할할할할

아이구, 내가 그렇게 좋아?
이 꼬북이 녀석들아.

그래 그래
진정하렴.

할랑랄랄할랄할할랄랄라

??!

멈칫

… 뭐야 그 포즈.

털썩 털썩

니들 설마…!!!

기~분~나~빠!!!

할 할

할 할

할

내 얼굴 핥고 나서 바로
니들 똥꼬 핥지 말라고!!!

+

사삭

잠깐 자고 일어나 보니
머리맡에 무언가가 있었다.

뭘 부스럭거리고
기는…

……

91

DDONG

으아아
집에 갈래에-!!!

⋯⋯

콰

앙

뭐야, 왜
벌써 가.

계획대로.

오늘은 엄마가 밭에 데려간댓개
엄청 신나개!

기분 좋아진 재구

개코리타 홍구

다음에 또 오개~

멍멍이의 훈련!

초보 견주도 의외로 간단하게 할 수 있는 훈련이 있다.

그건 바로-

최고의 멍멍이 트레이너가 되고 말 거야!

앉아 & 손!

다소곳

쳐억

보상 없는
훈련은 없기에

멍멍이가 좋아하는
간식을 미리 준비한다.

첫 번째로는 바로 '앉아' 훈련!

간식이
여기 있다.

1. 멍멍이에게
간식을 보여준다.

2. '앉아'라고 짧게 말한다.

강인하지만 부드럽고
부드럽지만 또 간결하게

3. 알아듣지 못하지만
상관없다.

뭐든지 처음은
다 그렇다.

4. 간식을 멍멍이의
시선에 맞추고

5. 살짝 위로 올린다.

시선이 위로
올라감에 따라

자연스럽게 멍멍이의
엉덩이는 내려가게 된다.

6. 성공했다면 칭찬하고
간식을 준다.

아이구
잘했어요~

간식
내놔!

계속해서 반복한다.

7. 이어서 앉은 상태에서
'손!'이리고 짧게 말하며

손!

손을 잡아 올린다.

아이구
잘했어~

쓰담쓰담

칭찬과 간식으로
반복한다면
'앉아'와 '손'은 쉽게
마스터할 수 있다.

마스터했다고
생각했다.

멍멍이들이

가만히 있는 나를
습격하기 전까지 말이다.

명령에 손을 주면 간식을 받는다.

= 손을 주면 간식이 나온다.

멍멍이들의
무차별적인

잠깐, 아직
손 주라고
안 했잖아!

손손손손손

손손손손손

손 공격이
시작됐다.

잠깐,
기다려!

앉아!

샥

샤샥

스윽

아, 일단 받아봐.

손!

손!

아야!! 다리
긁지 마!

진짜 아픔

간식을 다
털고 나면

······

에이 끝났네

유유히 사라진다.

야
너무하잖아…

엎드려 훈련을 해봅시다

'앉아!'가 끝난 상태에서 시작해볼게요.

앉아!

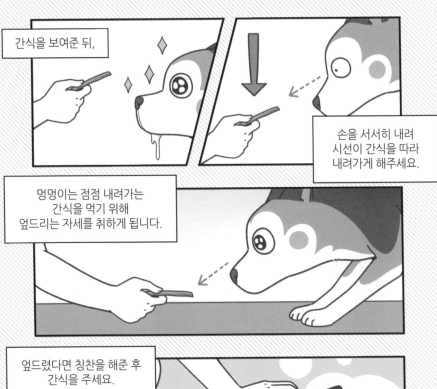

간식을 보여준 뒤,

손을 서서히 내려 시선이 간식을 따라 내려가게 해주세요.

멍멍이는 점점 내려가는 간식을 먹기 위해 엎드리는 자세를 취하게 됩니다.

엎드렸다면 칭찬을 해준 후 간식을 주세요.

잘했어.

그리고 계속 반복합니다.

꽃멍냥이

꽃향기를 맡는
재구의 그윽한 눈빛

매미와 동백꽃

나는 꽃향기를 아는 멍멍이개

누나가 꽃머리띠 해줬고양!

멍멍이는 말썽쟁이

가끔씩 멍멍이들에게서
묘한 위화감을 느끼곤 한다.

평소와 다른
미묘한 느낌…

너희들…
설마!!

뭔가 잘못한 게

틀림없군!

그렇다.

응? 나 아닌데?

멍멍이들은 잘못한 게 있을 때 표정 연기를 시도한다.

일단 눈을 피한다

그렇게 해서야 누구 속이겠냐.

힘무룩

견직

좀 더 분발해!

너무 못한다는 게 흠이지만…

멍멍이들의
말썽 유형은
이렇다.

재구

음, 아무 일도
없는…

저긴가!

도로록

할머니의 쪽파밭에
땅굴을 판 것으로도 모자라

때용

쪽파를 한 무더기나
방석으로 쓰고 있었다니…

홍구와의
즐거운 산책 중

귀여워서 사망

멍멍이의 털갈이

뽀송뽀송

민들레 홀씨
꼬리

지금의 재구와 홍구는
이렇게 빵실한 모습이지만

여름에는 다르다.

초

췌

정말로 심각하다.

일단은 빗으로
털을 정리해
보기로 한다.

나중에는 그냥
털을 잡아뜯게 된다.

털갈이 시기에는 죽은 털이
자동으로 밀려 나오기 때문에

간단하게
뽑을 수 있다.

크~ 개운해!

FOOD DUCK

줍줍!

……

훈훈한 척하면서
끝ㅡ!

털갈이에 대해서

재구 홍구와 같은
이중모 견종들은
털갈이를 합니다.

사모예드

허스키

포메라니안

스피츠

등등…

봄에는 더운
여름을 날 준비를,

털 뺐다!

핼

쌕!

뾰

잉

털 쪘다!

가을에는 추운 겨울을 날
준비를 하는 거예요.

이중모 견주들의 여름에는
털이불 지옥이 찾아옵니다.

이건 털갈이가 아니에요.
털 벗기죠.

치우는 건 인간의 몫입니다.

멍멍이의 일상

안녕? 나는 홍구개

풀밭에 드러눕는 걸 좋아하지

우리는 항상 같이 뒹굴개

너 이거 되개?
어디 한번 같이 해보시개!

멍멍이의 친구냥

꺼지라냥…!

멍멍이들에게는
매미 외에도

어린 시절을 같이 보냈던
친구가 있었다.

이름은 바로 돼지!

뚜

둔

허공 꾹꾹이 마스터

돼지는 어느 날 갑자기
우리 집에 나타나서

밥을 먹기 시작했다.

까드득까득
와드와드드득 까득

호전적인 외모와 달리
순둥이었던 돼지는

멍멍이들과 빠르게
친구가 됐고

난 여자친구랑만 논다!

이렇게 셋이서
남다른 우정을
과시하게 된 것이다.

매미 친구
껌딱지

따스한 햇살…

골골송을 불러주는
고양이와

골~골골~골~

옆에서 그루밍을
해주는 멍멍이…

왕!

왕!

이것이 바로
평화…!

돼지는
아직 어린
멍멍이들의

놔라.

노라고.

짓궂은 장난도 곧잘
받아주곤 했다.

다음부턴
조심하라구!

헤헤헷
칭구!

그렇지만 이 평화에도
금이 가기 시작했으니…

멍멍이들은
친근감의 표시로
엉덩이를 들이민다.

?!

불쾌하지만
귀찮으니 봐준다.

그렇게

시간이

점점 흘러…

?!

드러워서
안 논다.

퉤에에

낑낑 끼이이잉 낑낑

돼지야
잘 살고 있니.

괜찮다면
또 놀러와

명멍이들과의 우정은
그렇게 끝이 났다.

멍멍이의 잠꼬대

흥구가 아직
아기였을 때

코오오오

코오

음~
잘 자고 있군.

어릴 땐 둘이서
같이 잤다

우워어어어엉!

덜덜덜덜   덜덜덜

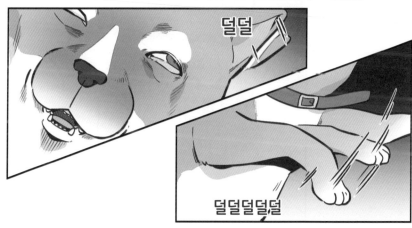

덜덜

덜덜덜덜덜

자는데
왜 깨우개?

언짢음

어…
미, 미안…

이게 잠꼬대라는 걸
그때는 알지 못했다.

멍멍이들의
잠꼬대 유형은 이렇다.

질주형

들썩

들썩

시동중

귀여워서 다 뿌셔

멍멍이들도 꿈을 꾸개. 잠을 자다가
끙끙거리거나 다리를 떨더라도 놀라지 말개!

매미의 적

무료
급식소다냥!

매미는 멍멍이에게
까칠한 것과 달리

동족인 고양이에게는
굉장히 상냥한데,

그렇다고 적이
없는 건 아니다.

스윽

호시탐탐 매미의
통수를 노리는

길 건너 동산의
뚱땡이!

정말 동그랗다

작은 빌라 앞에
사는 뚱땡이를

주민분도
뚱땡이도
귀여워.

주민들이 저렇게
넘어 다니곤 한다.

말랑
폭신

이렇게 치근덕쟁이인
뚱땡이인데도

매미한테만큼은 호전적인 것이다.

뚱땡이 이 녀석 완전 깡패잖아?

도망만 겨우 다니는 매미를 굳이 때리러 오다니…

이 생각은 얼마 안 가 깨지고 말았다.

…?

며칠 후

매미 녀석, 창문에서 뭐 하는 거지?

창가도,

팍!

파팍!

현관도…

뚱땡이의 복수는 계속됐다.

언제나 고통받는 건 나뿐…

엄마한테 죽겠군.

+

너덜너덜

방충망이 이게 뭐야. 누가 그랬어.

니가 뭘 잘했다고 웃어.

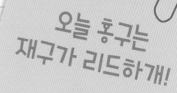

자, 일로 오개! 내가 끌어주개

쉬이, 하지 말개!

형아가 끌어준다는데 말이 많개!

삐져버렸개

매미는 사냥꾼!

매미는 놀다 오면
항상 집에 왔다고
얘기를 한다.

매옹?

푸우웁

빠바아아아아아아아 – 암!

문제는 빈손으로
오지 않는다는 것.

이건 말로만 듣던 고양이의 보은…!

참새 불쌍해!

매옹.

그래도 선물하려고 가져온 건데…

고마운 척해야지.

하하 맴아, 고마워- 누나 주는 거야?

째잭 짹 째액!!

푸드득

푸득

우와아아아아 얼른 놔줘!!!

불쌍하잖아.

문을 열어라.

쥐 $\frac{1}{2}$

차마 실제처럼 그릴 수 없다

워어어어어어 꺼져어어어어엉 어어어어!!

그리고 대망의…

미미야, 미미 집에 있나~?

엄마 아빠는 미미라고 부른다

그날 하루 종일
매미는 사라진 뱀을
찾아다녔다.

방생했습니다

＋ 매미가 미미가 된 이유

아… 그렇구나…

 고양이는 잡아먹을 의도가 없더라도
단순히 놀이로도 여러 생물들을 사냥하개.

새로운 친구!

친구가 유기견 보호소에서
조그만 불독을
데려왔을 때의 일이다.

불쌍한
표정

인사해
맘슨이야.

오… 오오!

머리
진짜 크다!

짱 크다!

정확한
2등신…!

맞아, 진짜 큼.

맘슨이는 사람 손이
많이 고팠던지

잘 치근대고
애교가 많았다.

히이익

키키

논다!

구들아, 친구야.
인사해!

?!

헉.

헉.

헤헥.

아르르르르르르르 —

치근

치근

시골에서만 나고 자란
멍멍이들에게는

경계!

익숙하지 않은
비주얼이었나 보다.

그렇다면 홍구는
빼고 간다!

끼이이
우어워어어
어어어엉.

이렇게 넷이서
친구 만들기 산책을
나섰던 것이다.

음? 이게 무슨 냄새지?

너 방귀 뀌었니.

ㄴㄴ 너잖아.

아닌데.

맘슨이는 산책하면서
끊임없이 방귀를 뀌었다.

끄어억

뿡어억

트림까지 한다.
저게 개여
사람이여.

꾸리꾸리

그치만
그런 점도
귀엽다

풀밭이다!

자, 재구야!
이제 여기서
맘슨이랑 놀아!

왕!

왕!

강아지의 방귀
방귀로 알 수 있는 건강의 이상 신호

평상시와 달리 냄새가 더 난다거나 자주 방귀를 뀐다면
다른 이상 증상이 같이 나타나는지 주의를 기울여야 합니다.
구토나 설사 같은 소화기 증상이 나타나는 경우 염증성 장 질환, 세균의 과증식,
기생충 감염, 췌장 기능 이상, 장내 용종이나 종양을 의심해봐야 합니다.
구토와 설사가 없고 검진 시에도 다른 이상을 발견하지 못했다면,
섬유질이 많이 함유된 야채류나 옥수수, 콩 그리고 상한 음식을 먹지 않나 살펴봅니다.

불독(bulldog)이 방귀를 자주 뀌는 이유

불독은 코가 짧아 음식을 먹을 때
다른 종의 개들보다 공기를 더 많이 흡입합니다.
그래서 배에 가스가 많이 차고 방귀를 자주 뀝니다.
사료나 물을 줄 때 식기류를 높은 곳에 두면 목을 늘이지 않고
편하게 먹고 마실 수 있어 공기가 흡입되는 양을 줄일 수 있습니다.
그리고 코가 짧은 단두종 개들은 음식에 대한 알레르기가 있거나
장이 예민한 경우가 많으므로 콩, 옥수수, 밀가루가 들어간 음식을 피하고
위장이 예민한 개들이 먹을 수 있도록 고안된 사료를 줌으로써
장내에 과도한 가스가 생기지 않도록 도움을 줄 수 있습니다.

매미의 비밀

사실 매미는
이름을 물려받았다.

엥?

매미가 좋아하는
꿍딕 쓰담쓰담

배신감

지금의 매미 이전에도
또 한 분의
매미가 계셨으니…

첫 번째 매미!

짜 안

매미는 내 중학교 시절 즈음…
우리 집 주위에 살며

항상 밥을 얻어먹고 가던
고양이다.

매미!

그때 당시에도 별 생각 없이
이름을 지었었다.

뭔가 개구지고
짱 이쁘다.

매미는 어느 날
자기를 닮은

조그만 고양이를
데려왔는데

애교가 엄청 많아서
애기라고 불렀다.

매미와 애기는
항상 학원 차가
오는 소리를 듣고

내가 내리는 곳까지
뛰어왔다.

앙냥냥냥냥냥냥냥

발걸음마다
소리가 끊겨서 난다

어떻게 알고 오는 거야.
도로에 나오면 안 돼!

부모님과 할머니는 길고양이가
자꾸 마당에 있는 걸
달가워하지 않았기 때문에

나는 중학생이라
돈이 없어서
이것밖에 못 줘.

항상 몰래
밥을 챙겨줬다.

익힌 계란에 북어,
잘게 썬 당근

또는 삶아서
가시를 바른
생선이나 고기.

돈이 없어서
사료도 못 사주고…

냥꿀!

이게 더 비쌈

중학생인 나는
사료가 정말 비싸다고
생각했었다.

여러 달을 우리 집에서 지낸
애기와 매미는 점점

매미
오늘도 없구나…

나를 찾아오는
빈도가 적어졌고

냐앙.

고롱고롱롱

맴아!

무슨 일이
있었던 거냐.

매미 안녕!

한번 마주친 후로는
가끔 우리 집으로 와줬다.

그랬었지…

북어는 고양이는 물론 멍멍이들도 좋아하는 간식이다냥!
염분이 있을 수도 있고 가시가 있으니
삶아서 가시를 발라주는 게 좋다냥!

멍멍이의 여자친구

안녕,
나는 밀당이개!

우리는 같이 산책하는 사이

나 잡아봐라~

같이 가개

멍멍이도 싸운다

평소에는 사이좋은
멍멍이들도

째

릿

싸우는 날이 있기
마련이다.

밥 먹자
멍멍이들!

맛있는 특식

헥

헥

뭐가…

지나간 거지…?

홍구는 무서운 표정을 지어도
별로 무서워지지 않는다

개무섭

왠지 억울!

둘 다 의자 밑 자리가
탐이 났나 보다.

엉↗엉 멍뭉뭉
엉뭉뭉뭉뭉!

월월워러러러럴
월우러우렁월!

집에 멍멍이가 둘 이상이라면 다툼이 생기지 않도록
밥 먹는 공간과 쉬는 공간을 분리해주는 게 중요하개!

형제견의 싸움

재구와 홍구는
자주 싸웁니다.

으르르르르릉!

아주 멀리서,
말로만.

으르르릉

꾸르르르릉

그것도 20분 동안.

아주 조금씩
천천히 다가가서

크르르릉…!

……

서로 가까이 마주 보면
싸움이 끝납니다.

그럴 거면

싸우지
말아줄래.

우리는 어릴 때도
항상 붙어서 잤지만

멍초딩이 돼도,

늠름한 멍멍이가 돼도
항상 같이 자는 사이!

쿨~~~

멍멍이들의 우애

멍멍이의 응가

재구에 비해 홍구는
산책시키기가 조금 더 수월하다.

얌ー전!

쌔앵

?!

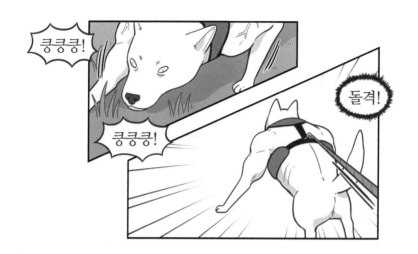

음…!

똥이었군.

아이컨택

홍구는 응가가 마려울 때
엄청난 힘을 발휘한다.

그렇지만, 아무리
응가가 마려워도

크윽…
여긴 아냐!

아무데나
싸지는 않는다!

푹신한 모래

빙글빙글

얼른 싸고 가자~

여기도
아니개!

너 그냥
집에 가기 싫은 거지.

변기풀
이라고
내가 부른다

!

개시원

가지가지 한다 진짜.

재구는 변기를 가리진 않지만 이상한 욕심이 있다.

내 엉덩이는 예쁘하다구!

우리 재구 응가하러 갑시다.

스윽

흡!

집사야, 내 응가 제대로 치웠개?
행복한 반려동물 문화를 위해 강아지의 배설물을
깨끗하게 치워주개!

강아지의 변 상태로 알 수 있는 건강

일반적으로 강아지의 정상적인 변은

모양이 있으면서, 단단하고 촉촉한 감이 있고, 색깔은 노란색이나 갈색을 띱니다.

그런데 만약 변에 물기가 없고, 단단하게 나오면서 부서지고 흰색을 띤다면

음식에 칼슘이 지나칠 만큼 많이 함유되었거나 뼈를 먹어

변에 수분이 없어지고 변비가 생겼기 때문입니다.

또한 변이 물처럼 나오면서 초록색을 띠는 경우는

간이나 담도 계통의 이상이나 바이러스, 세균, 기생충

그리고 원충 감염을 의심해보아야 하며

검정색이나 붉은색을 띠면서 모양 없이 물 같은 설사를 하는 경우는

장내 출혈로 인한 것이므로 출혈성 위장염, 췌장 이상, 간 또는 담낭의 이상,

신장 이상, 바이러스나 세균과 같은 전염성 장염, 음식 알레르기,

노령견의 경우 호르몬 이상 등을 의심해보아야 합니다.

변을 본 뒤의 행동에 따른 건강 상태

① 항문을 핥는다

강아지나 고양이가 배변 후 항문을 핥는 것이 모두 이상 증상은 아닙니다.
그러나 평소보다 해당 증상이 빈번하다거나 항문 주변에 변이 많이 묻어 있다면
소화기 이상이 시작될 징조일 수 있습니다. 정상적인 변은 단단하기 때문에
항문 주변에 묻지 않고 바로 바닥으로 떨어지지만, 변이 약간 물러지거나 설사를 하면
항문이나 주변 털에 변이 많이 묻으므로 이를 핥는 행동을 하는 것이 일반적입니다.
이때는 항문과 가까운 대장의 염증, 용종, 종양, 기생충 감염을 의심해볼 수 있습니다.
마지막으로 배변 후가 아닐 때도 항문 주변을 평상시보다 자주 핥는다면
항문 주위에 피부염이 있는지 확인해봐야 합니다.
항문이나 생식기 주변은 배설물로 인해
항상 세균 감염이 잘 일어나는 부위이기 때문이지요.

② 엉덩이를 바닥에 끈다

제일 흔히 항문낭에 염증이 생기면 이런 행동을 할 수 있습니다.
빨리 알아차려 항문낭을 짜준다면 증상이 해소되지만 무심코 지나치면
항문낭 파열로 이어지고 항문 밑 4시와 8시 방향에 붉게 튀어나온 부분이 생기면서
고름이나 출혈이 동반되기도 합니다. 항문낭을 잘 짜주고 있는데도
엉덩이를 바닥에 끄는 행위가 갑자기 나타난다면,
항문 주위 피부의 염증, 대장 내의 용종이나 종양, 기생충 감염 등을 의심해보아야 합니다.

멍냥이의 반전 매력

멍멍이들은 한없이
멍청멍청해 보이지만

사실 영악함.

웬만한 말
다 알아듣기.

알아듣는 거지
그렇다고 말을
잘 듣는다는 것은
아니다

고양님들은
한없이 도도 시크해
보이시지만

멍청이.

핵멍청이!

오늘은 이
반전 매력에 대해서
탐구해보도록 하겠다.

멍멍이

얌전하게
잘 있네.

이렇게 생각할지
모르겠지만

이 자식…
유리에 비친 내 모습을
염탐하고 있어!

소름

모르는 척
고개를 돌리면

간식

곁눈질로 확인한 후,

와앙 ♥

딱 걸렸지롱!

멈칫

……

고양이 종특

못 들어가는 상자는 없다!

고양이와 상자

빗질을 해보자

자, 어서
빗질을 해보개
얌전히 앉았개

브로콜리구로 진화

이런 거 찍지 말라고 했개, 안 했개?

홍구도 털 많이 나왔개~

말랑한 부분

멍멍이가
집에 오기 전에는
이렇게 생각했다.

음…!

아기 멍멍이…
안아보고 싶다!

씰룩

씰룩

말랑말랑
폭신폭신하겠지?

그리고 재구 홍구가
우리 집에 온 날

이렇게 들고
오셨다

와, 안녕하세요!

잘 키워주세요.

워!!!!!!

워… 원래
이기 멍멍이는

이렇게 딱딱하고
무거운가요?

끄늉♥

옝??

아기들이 이렇게 딱딱한 근육질이라니

이거 완전 그거잖아…!

나를 키워라아아아아앗!

[system] 아기 멍멍이에 대한 환상이 부서졌습니다.

이게 아닌데?

멍멍이들은 고양님과는 다른
상반된 특징들을 가지고 있었다.

말랑함을 넘어선
고무고무냥.

엄청나게
늘어난다.

추운 겨울에는
목도리로도 활용 가능.

뜨뜻

멍멍이

앙!

앙!

보기에는
말랑말랑하지만

묵직

엄청난 딱뚱이…!

딱딱한
뚱땡이

그렇지만 멍멍이에게도
말랑한 부분이 있었다.

쭈욱

정수리 살을 모아서
눈사람을 만들 수도 있다.

?!

밥 벌어먹고 살기 힘들개.

고양이 액체설

매미의 먹성

맴아…?

두

둥

두구두구둥!

옹?

매미의 식탐은
어마무시하다.

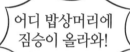

아빠 그냥
좋으면
좋다고 해…

그렇지만 아무리
배가 불러도

매미의 '먹을 거' 공략은
멈추지 않는다!

찬장 따윈
가뿐히 오픈!

타앗

멍멍이 간식은
젤 손쉬운
먹잇감이고양.

멍멍FOOD

다음 공략지는
멍멍이 밥그릇!

끼이익

챱챱

챱챱

챱챱챱챱챱챱

먹성이 너무 좋은 고양이들은 자율 급식으로
항상 밥그릇을 가득 채워준다면
오히려 밥에 대한 집착을 줄일 수 있다냥!

산책은 즐거워

누나, 빨리 오개! 저기 뭔가 있개

이쪽인가? 킁킁킁

여기서 냄새가 나는 것 같개

함께라서 더 재밌개!

멍멍이는 편식쟁이

자, 오늘은
특식이다!

꺄아아아아악

내가 만든 멍멍 특식
닭가슴살과 가시 바른 북어,
다진 당근을 한데 삶아 만든다

고기 부분만 먹기!

냉장고에 있던 수육이기 때문에
비계 부분이 하얗게 굳어버림

살코기만 주시는 게
멍멍이들의 건강에 좋습니다

닭가슴살 맛 캔의
감칠맛 사이로
약의 쓴맛이
느껴지는군멍.

탈락이다멍.

아아…
안 돼에…!!

닭가슴살은 멍멍이들의 몸에 좋은 간식이지만
너무 많이 먹으면 설사를 유발할 수 있으니 조심하개!

일광욕을
합시다

목욕하고 나면 털을 잘 말려야 하개

뽀송뽀송

와아아아앙

매미 형아도 씻었개?

아빠는 츤데레

아, 고양이 싫어. 차라리 개가 낫지! 근데 개도 싫어!

버럭버럭

아빠는 동물을 싫어한다.

왜 귀여운…

거, 거, 동물들 털 기관지에 들어가서 막 폐가 아프고 기침을 하고 그 똥오줌은 어떡할 거야. 냄새하고는!!

무룩

그렇지만
포기하지 않았다.

엄마가 허락했음

아… 뒷골!

매미랑 티브이 보는 중

거! 거! 고양이 어디 침대 위에 올라와!!!!

빨리 내려가!

알았옹…

그리고 얼마 후

아빠 회식
갔다 왔다.

꼬옥

술꼬장

아빠가 우리 바둑이들 주려고 회식 가서 고기를 싸왔지!

꺄아앙

뭐야

훈훈하잖아…

길을 거닐다 보면 사람들이 자꾸 멍멍이에 대해서 물어본다.

무한반복

병원에 갔더니 의사 쌤께서
이렇게 말씀해주셨다.

쉬이이이이이이이

아빠와 매미

심장사상충에 대하여

예방

심장사상충증은
심장사상충 유충에 감염된 모기가
개나 고양이를 흡혈하면서 전염되는
기생충성 질환입니다.
유충은 감염된 동물의 몸속에서 대략 6개월의
성숙 기간을 거쳐 성충이 되며, 감염 후
폐렴, 구토, 설사 등이 유발될 수 있습니다.
심장사상충증은 예방약에 따라
예방되는 기간이 다릅니다.
내복약 및 외용제의 경우
매년 4~11월에는 매월 예방하고
12~3월에는 2개월에 한 번씩 예방하나
집먼지진드기 예방을 겸하려면 매월 예방합니다.
주사제는 주사 1회로 1년 동안 효과가
유지되므로 주기적으로 예방하기 어렵다면
주사제로 연 1회 예방하면 됩니다.
고양이에게는 주사제 사용이 허가되지 않으므로
내복약이나 외용제로 매월 예방해야 합니다.

치료법

심장사상충증은 폐, 심장, 간, 신장 등
여러 장기에 합병증을 유발할 수 있으므로
질병의 심각성과 합병증의 정도에 따라
4단계로 분류하고 각기 다른 치료 스케줄로
치료해야 하는 위험한 질병입니다.
또한 집에서 자가로 치료할 수 있는 방법이
없기 때문에 동물병원에서 엑스레이 촬영,
혈청 화학 검사, 초음파 검사 등의 검진 후
질병 단계를 구분해 치료해야 합니다.
고양이의 경우 불행히도 치료 가능한 약제가
아직 개발되지 않았으므로
심장사상충증에 걸리지 않도록
매월 예방하는 방법밖에 없습니다.

반려동물의 중성화수술에 대하여

중성화수술의 장단점

반려동물의 중성화수술은 수컷의 경우 소변으로 영역 표시를 하는 마킹 행위나
전립선 질환의 예방, 성적 흥분에 의한 마운팅이나 발기 증상,
가출의 예방을 목적으로 이루어지며,
암컷의 경우 유선종양, 자궁축농증, 난소종양의 예방을 목적으로 시행됩니다.
수술 이후 식욕 증가에 따라 비만 등이 나타날 수 있고,
수컷의 경우 수술 적기를 놓치고 늦게 수술하게 되면 마킹이나 마운팅 등의 문제행동이
제대로 교정되지 않을 수 있다는 단점이 있습니다.

 수술 시 유의사항

혈청 화학 검사 후 이상이 없으면 수술을 진행할 수 있으나
암컷의 경우 최근에 생리를 했다면 4개월 정도 후에 중성화수술을 진행해야
생리 중과 직후에 수술함으로써 발생할 수 있는 상상임신이나
출혈과다 등을 예방할 수 있습니다.
암수 모두 나이가 많으면 장기의 이상이나 잠복하는 질병이 있을 수 있으므로,
엑스레이 촬영, 초음파 검사, 호르몬 검사, 혈구 검사, 혈청 화학 검사에서
모두 큰 이상이 없어야 수술을 진행할 수 있습니다.

반려동물이 먹으면 안 되는 음식에 대하여

초콜릿, 포도, 양파 등은 사람과 달리 개와 고양이에게 중독증을 유발합니다.
초콜릿을 과다 섭취하면 심장마비가 올 수 있고, 포도는 신장 손상으로 인한 신부전,
양파는 혈액 내 적혈구의 용혈을 유발하여 심각한 빈혈에 이르게 합니다.
불행히도 위 세 중독증은 집에서 자가 치료나 응급치료할 수 있는 방법이 없으므로,
발견 즉시 가까운 동물병원에 데려가 치료를 받게 해야 합니다.

강아지의 건강검진에 대하여

국내에는 강아지에 대한 정기검진 스케줄이 따로 마련되어 있지 않지만, 외국에서는
6개월 이하 강아지는 매월, 6년 이상의 개는 6개월에 한 번 정기검진을 받도록 추천한답니다.
6주~2개월령 강아지의 경우, 바이러스 질환에 제일 취약한 시기를 보내고 있는 만큼
홍역, 인플루엔자, 파보바이러스 장염, 코로나바이러스 장염, 지알디아 원충, 기생충 검사와
귀진드기 및 곰팡이균 감염 여부 검사, 접종 전 항체 검사가 선행되어야 하고,
몰티즈 강아지의 경우는 선천성 간문맥-대동맥 션트라는 혈관 기형이 있을 수 있으므로
혈청 내 암모니아 수치를 검사해보아야 합니다.
4개월령의 강아지에게는 접종 이후 항체 생성 여부를 확인하기 위한 항체 검사가 필요하고,
중성화수술 전 마취 가능 여부를 판단하기 위한 혈청 화학 검사가 추천됩니다. 1~3년령 개에게는
복부 및 후지(뒷다리) 방사선 촬영, 복부 초음파, 혈청 화학 검사, 혈구 검사가 추천되고,
4년령 이상의 개라면 전자의 검사들과 흉부 방사선, 호르몬 검사 등을 받아볼 필요가 있답니다.

노곤하개 ❶

글·그림 | 홍끼

초판 1쇄 발행일 2018년 8월 31일
초판 2쇄 발행일 2021년 11월 11일

발행인 | 한상준
편집 | 김민정·강탁준·손지원·송승민·최정휴
자문 | 한준근(분당 펫토피아동물병원 원장)
디자인 | 김경희
마케팅 | 주영상·정수림
관리 | 양은진
제작 | 제이오

발행처 | 비아북(ViaBook Publisher)
출판등록 | 제313-2007-218호(2007년 11월 2일)
주소 | 서울시 마포구 월드컵북로 6길 97(연남동 567-40 2층)
전화 | 02-334-6123 전자우편 | crm@viabook.kr
홈페이지 | viabook.kr